CATALOGUE

DES

SCULPTURES - DESSINS
OBJETS D'ART - TABLEAUX
ET MEUBLES

dont la Vente aura lieu

le

LUNDI 18 JANVIER 1904

à 2 heures 1/2

A L'HOTEL DROUOT, SALLE N° 9

par le ministère de

Mᶜ GUSTAVE COULON, Commissaire-priseur

PARIS

GUSTAVE COULON

COMMISSAIRE-PRISEUR

12, RUE DE LA VICTOIRE

D.05412

Conditions de Vente

La Vente aura lieu au comptant.

Les Acheteurs paieront 10 o/o en plus des enchères.

L'Exposition mettant le public à même de se rendre compte de la nature et de l'état des objets, aucune réclamation ne sera admise une fois l'adjudication prononcée.

EXPOSITION PUBLIQUE
LE DIMANCHE 17 JANVIER 1904
DE 2 HEURES A 5 HEURES

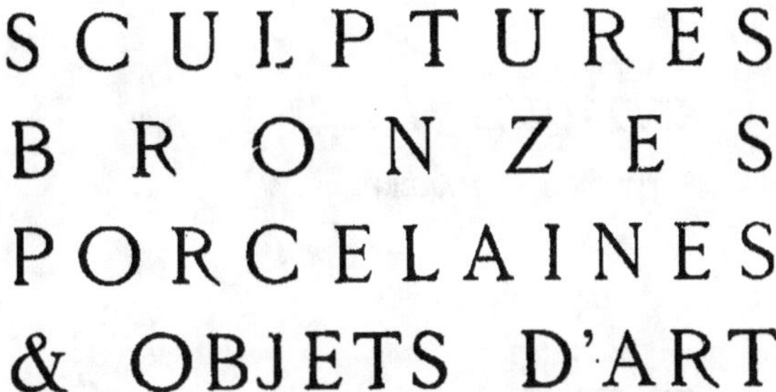

SCULPTURES
BRONZES
PORCELAINES
& OBJETS D'ART

ANTIQUE

1. — Divinité.
   Terre cuite peinte.

ANTIQUE

2. — Tête de Cérès.
   Terre cuite.

ANTIQUE

3. — Buste de déesse.
   Marbre.

ANTIQUE

4. — PETITE TÊTE DE VÉNUS DIADÉMÉE.
Marbre.

ANTIQUE

5. — PETIT PIED EN MARBRE.

ANTIQUE

6. — PETITE TERRE CUITE DE TANAGRA.

ANTIQUE

7. — COLLECTION DE QUATORZE PETITES TERRES CUITES.

EGYPTE

8. — PETITE TÊTE.
Terre cuite.

ART FRANÇAIS RENAISSANCE

9. — PETITE TÊTE DE JEUNE FILLE.
Terre cuite.

XVIe SIECLE (Première moitié du)

10. — L'ADORATION DES BERGERS.
Albâtre français, dans un cadre en bois sculpté.

11. — SAINTE EN PRIÈRES.
Petite statuette bronze.

12. — LE MARIAGE DE LA VIERGE (d'après Raphaël).
Plaquette bronze.

13. — L'ADORATION DES BERGERS.
Plaquette bronze.

14. — LA DESCENTE DE CROIX.
Plaquette bronze.

15. — LES LABOUREURS.
Petite plaquette bronze.

16. — APOLLON.
Plaquette bronze.

17. — SAINTE CÉCILE.
Plaquette bronze.

18. — HERCULE ET LE LION DE NÉMÉE.
   Petite plaquette bronze.

19. — GUERRIERS COMBATTANT UN LION.
   Petite plaquette bronze.

20. — SAINTE CATHERINE D'ALEXANDRIE.
   Plaquette bronze.

21. — LA RÉSURRECTION.
   Plaquette bronze.

22. — PETITS AMOURS JOUANT AVEC DES ANIMAUX.
   Plaquette bronze doré et encadrée.

ART ITALIEN

23. — LA DESCENTE DE CROIX.
   Plaquette porcelaine.

ART ITALIEN

24. — ASSIETTE PORCELAINE PEINTE.
   Signée Gubbio.

25. — TROIS COUPES.
   Verre de Venise.

26. — PORTRAIT DE FEMME.

Marbre peint aux armes des Médicis avec incrustations de pierres.

27. — DEUX COUPES.

Verre.

28. — COMMODE PORTE-BOUQUET.

Porcelaine de Nevers.

29. — PETITE TABATIÈRE.

Mosaïque de Florence.

ART FRANÇAIS

30. — PETITE POIVRIÈRE.

Porcelaine.

ART FRANÇAIS

31. — PETITE STATUETTE DE SAINTE.

Terre cuite émaillée.

ART FRANÇAIS

32. — PORTRAIT DE JEUNE SEIGNEUR.

Miniature sur cuivre encadrée.

ART FRANÇAIS

33. — DEUX GRANDS VASES AVEC ANSES ET COUVERCLES.

Porcelaine à fond vert avec décorations dorées et médaillons où sont représentées des scènes de bataille. Provenant de la manufacture du duc d'Angoulême.

34. — GRAND VASE CHINE.

Porcelaine de Canton.

ART CHINOIS

35. — PETIT SCEPTRE EN JADE.

ART CHINOIS

36. — PETIT VILLAGE EN PIERRE DE LARD.

ART CHINOIS

37. — QUATRE BIBELOTS D'ÉTAGÈRE.

Porcelaine de Chine.

ART JAPONAIS

38. — PETIT MASQUE EN BRONZE.

ART JAPONAIS

39 — DEUX PETITS VASES.

Porcelaine japonaise.

40. — PETIT KANDJIAR.
Avec son fourreau.

ART FRANÇAIS

41. — DEUX FLAMBEAUX LOUIS XV.
Bronze.

42. — DEUX FLAMBEAUX.
Bronze style Louis XV.

43. — DEUX FLAMBEAUX LOUIS XVI.
Bronze.

44. — DEUX FLAMBEAUX LOUIS XVI
Bronze.

45. — DEUX FLAMBEAUX LOUIS XVI.
Bronze.

46. — DEUX FLAMBEAUX.
Bronze.

47. — DEUX FLAMBEAUX.
Bronze.

ART FRANÇAIS

48. — BUSTE DE JEUNE FEMME.
Cire.

49. — DEUX APPLIQUES LOUIS XVI.
Bronze.

50. — PENDULE A COLONNES.
Bois, garni de bronze, socle et cylindre.

51. — PENDULE ET DEUX CANDÉLABRES.
Marbre et bronze.

52. — PENDULE MARBRE ET BRONZE.
Philoctète blessé.

53. — TRÈS BELLE PENDULE.
Style Louis XV en marqueterie de Boule avec support.

54. — DEUX GRANDES TORCHÈRES.
Femmes en bronze noir avec candélabres en bronze doré.

DESSINS & PEINTURES

ÉCOLE DU CORRÈGE

55. — ETUDE D'ANGES.

Dessin à la sanguine.

Plusieurs marques de collections.

DUQUESNOY

56. — ETUDE POUR UN TOMBEAU.

Dessin à la plume.

DUQUESNOY

57. — ETUDE POUR UN TOMBEAU.

Dessin à la plume.

ÉCOLE FRANÇAISE

58. — TÊTE D'HOMME.

Dessin au crayon.

TINTORET (attribué au)

59. — EVÊQUE PRÊCHANT LA DESTRUCTION DES IDOLES.

Sépia.

Plusieurs marques de collections.

ÉCOLE ITALIENNE

60. — ETUDE DE CHRIST.

Crayon et fusain.

LAURENS (Jean-Paul)

61. — ETUDE POUR LE CRUCIFIÉ.

LAVINIÈRE

62. — COUCHER DE SOLEIL DANS UNE VALLÉE.

Toile.

LENFANT DE METZ (attribué à)

63. — SCÈNE FAMILIALE.

Dessin aux trois crayons.

PASSIGNANO (attribué au)

64. — JEUNE HOMME ASSIS.

Dessin aux deux crayons.

LE TITIEN

65. — PAYSAGE.

Dessin à la plume.

WATTEAU A. (attribué à)

66. — PORTRAIT D'HOMME

Dessin aux deux crayons.

COROT

67. — ETUDE DE PAYSAGE.
Toile signée.

CHARDIN (attribué à)

68. — ENTRÉE D'UN VILLAGE, TROUPEAUX.
Peinture sur toile.
Signature ajoutée.

DELACROIX

69. — ETUDE POUR UNE PIETA.
Toile.

DIETRICH

70. — L'ALCHIMISTE.
Peinture sur panneau, signature ajoutée.
Ce tableau a été attribué à Bonington.
Cadre en bois sculpté.

DOMICENT

71. — FIANÇAILLES.
Peinture.

DOMICENT

72. — AU CABARET.
Peinture.

ÉCOLE HOLLANDAISE

73. — VUE D'AMSTERDAM.
Peinture toile.

FLANDRIN H. *(attribué à)*

74. — SAINT JEAN-BAPTISTE PRÊCHANT.
Peinture à l'huile réentoilée.
Fausse signature.

GRANET

75. — LA CHARTREUSE.
Toile.

HOBBEMA *(attribué à)*

76. — PAYSAGE.
Toile signée A. (?) Hobbema.

LE GUERCHIN

77. — PORTRAIT D'UN APÔTRE.
Toile.

OUDRY J.-B.

78. — OISEAUX DANS UN PAYSAGE.
Peinture sur panneau signée.

TENIERS LE VIEUX *(attribué à)*

79. — SCÈNE FLAMANDE.
Panneau.
Nombreuses reprises.

MEUBLES

80. — SUPERBE BUREAU ET FAUTEUIL.
Marqueterie de Boule.

81. — PETITE TABLE SECRÉTAIRE.
Marqueterie de Boule.

82. — GRANDE CONSOLE LOUIS XVI.
Bois doré dessus marbre.

83. — VITRINE LOUIS XVI.
Bois de rose et palissandre, dessus marbre.

84. — PETIT MEUBLE A DEUX CORPS.
Marqueterie de bois ornée de bronze, le haut vitré.

85. — BUREAU LOUIS XV.
Marbre et marqueterie de bois.

86. — BEAU BUREAU EN ACAJOU A CYLINDRE.
Dessus marbre.

87. — ARMOIRE A GLACE EN PALISSANDRE.
A petites colonnes torses.

88. — COMMODE EN PALISSANDRE.
A petites colonnes torses, dessus marbre.

89. — PETIT BUREAU EN PALISSANDRE.
A pieds tors.

90. — PETITE TABLE VITRINE.
Style Louis XVI, partie dorée.

91. — TABLE A JEU EN ACAJOU.

92. — PETITE TABLE A JEU EN ACAJOU.

93. — PETITE TABLE A VOLETS.

94. — PETITE TABLE A OUVRAGE.

95. — FAUTEUIL LOUIS XV A OREILLETTES.
Couvert en velours rouge.

96. — FAUTEUIL EN PALISSANDRE SCULPTÉ.

97. — PETITE CHAISE.
Bois noirci, couverte de velours rouge style go-
thique.

98. — CARTONNIER.
Bois noirci.

99. — CARTONNIER.
Bois noirci.

100. — CHEVALET.
Bois noirci.

101. — MIROIR A PEINTRE.

102. — PORTE-CARTON.
Chêne.

103. — Sous ce numéro seront vendus plusieurs objets
dont il n'est pas fait mention au catalogue.

Imp. art., L. Lucien Faure, 12, rue Sainte-Anne, Paris